隱題詩

洛夫

給瓊芳

你兜著一裙子的鮮花從樹林中悄悄走來
是準備去赴春天的約會？
我則面如敗葉，髮若秋草
惟年輪仍緊繞著你不停地旋轉
一如往昔，安靜地守著歲月的成熟
的確我已感知
愛的果實，無聲而甜美

目次

隱題詩

洛夫

我在腹內餵養一隻毒蠱

我與眾神對話通常都
在語言消滅之後
腹大如盆其中顯然盤踞一個不懷好意的胚胎
內部的騷動預示另一次龍蛇驚變的險局
餵之以精血，以火，而隔壁有人開始慘叫
養在白紙上的意象蠕動亦如滿池的魚卵
一經孵化水面便升起初荷的燦然一笑
隻隻從鱗到骨卻又充塞著生之恓惶
毒蛇過了秋天居然有了笑意，而
蠱，依舊是我的最愛

一九九一・七・一

花 鮮 有 所

都挽救不了鏡中的蒼白

所謂飛翔，其實是一種危險的實驗
有夢若是，醒後總想不起鄉愁與一尾
鮮魚有何關係。據說
花的意義全在那繽紛的結局而這些

都不足以說明換季只不過是換一襲衫子
挽袖向空中大書一個愛字也
救不活一株脫水的玫瑰
不說也罷
了無悔憾我們亦如早年浮貼在
鏡面上的微笑
中間充斥時間的腐味以及語言厚厚
的積垢
蒼茫中再次看到海面上
白浪舉起沉船的碎片

一九九一・八・十一

危崖上蹲有一隻

獨與天地精神往來的鷹

危機從來就埋得很深
崖高萬丈
上帝路過時偶爾也會
蹲在這裏俯視諸邦一一在焚城的火中崩潰
有些歷史是鼻涕與淚水的混合物
一陣天風把亙古的岑寂吹成
隻身闖入雲端不知所終的風箏

獨有它
與
天使共舞之後，奮力抓起
地球向太空擲去
精確地命中我心中的另一星球
神蹟般曖昧的存在
往往比傳言還難以揣測
來吧！請數一數斷壁上深陷的爪痕
的的確確
鷹，乃一孤獨的王者

一九九一・八・十五

我什麼也沒有說

詩早就在那裏

蝶 之 飛 欲 成 排 字 語 把 過 不 只 我

我什麼也沒有說

詩藏在一張白紙裏忽隱忽現
早晨水薑花蓄了一池的淚
就這麼坐等日出
在暗自設想池水蒸化後能熬出多少鹽
那顆醃鹹的頭顱忽焉低垂
裏面的空間逐漸縮小乃至容不下任何意義

我無需嘵嘵爭辯
只覺得靈魂比胰子沫稍重一些
不可否認，我們的語言本是
過河之後仍留在對岸任其暴露的一截骨頭
把玩再三，終於發現
語調不如琴聲琴聲不如深山一盞燈的沉默
字字如釘拔出可以見血，如要
排斥事物的意蘊豈不只剩下殘骸一付
成灰成煙或成各種形式的存在都與
欲念有關
飛，有時是超越的必要手段，入土
之後你將見到
蝶群從千塚中翩躚而出

一九九一·八·廿

做與不做　明天的太陽和老人斑

頭額上爬樣照

做什麼都不嫌晚，譬如愛
與其我們讓細火慢燉
不如抱一塊冷漠的石頭入睡
做完之後整個世界便癱瘓了

明明只有六千發子彈，射光了
天老爺也幫不了你
的忙。笑笑絕對解決不了問題
太過縱慾充其量只是一匹雄海豹
陽光決不容滿海灘的精蟲活到漲潮，而我
和你和床和解構了的夢話
老是這一套
人人這一套
斑駁的碑石上刻的還是這一套

照片在牆上，月光在井底
樣樣叫人記起樣樣叫人遺忘，即使
爬升到
上帝的座椅也觸不到祂那染血的
額
頭

一九九一・九・二

八隻灰蟬輪唱

其中一隻只是回聲

八月的奧義被高吭的蟬聲說破
隻隻鼓腹而鳴
灰塵乃夏日城市之心
蟬在最高處觀照宇宙並準備再一次
輪迴。生死事小，且把滿山槭葉
唱得火勢熊熊

其過程絕非一簡單的辯證，不能只因
中間隔著一層黑幕便看不見其他事物也在
一一死去，一一再生
隻隻蛻殼全都在風中啞默
只有鳴叫是神的
是生命中不可或缺的空無。於是牠們又
回到山中藏於枝椏
聲聲呼喚掉頭而去的我

一九九一・九・三

頓悟乃在吃下一本厚厚的

佛洛依德之後

頓悟　乃
悟中之大悟
乃在頃刻間忘記鎖門　卻
在永恆之中尋找鑰匙
吃飯穿衣原是一種
下意識必要的無聊
一種
本能，一種死前的不急之務
厚生之道據說先得熟讀
厚黑學，尤其是它
的結論部分

佛說佛說搞不清楚究竟要聽誰說
洛夫對鏡莞爾
依稀看到背後有人冷面而去
德行遍載史籍且滿街遊走
之乎也者無人聽懂
後面的鞋聲踢踏、踢踏、踢踏……

一九九一・九・十

彈 炸 與 童 孩

都是不能對之發脾氣的事物

孩子走成一個黑點最後在雪的
童話中消失。公主
與黑衣武士，含羞草與
炸
彈等之關係是否猶如

都市中告示與牆牆與上下左右的空無之關係
是非難以判斷那就乾脆
不作判斷。核子
能，要與不要都是一種不容選擇的悲哀
對峙的兩造人馬把魚尾紋都吵出來了[1]
之後不該發生的也
發生了。其實不對
脾胃的食物除了垃圾桶誰也不能容忍
氣球為何誘使孩子把夢懸在沒有星光
的高空？這種
事情只怕
物理學家也無從解釋

一九九一·九·十三

1—臺灣因興建核能發電廠經常招致反核人士的抗議，警察與他們的對峙時有所見。

井的曖昧身世　繡花鞋說了一半

青苔說了另一半

井以深沉
的獨白述說著一小片天空的
曖
昧。汲水的女子
身子彎得很低才看清自己原是
世上一面破鏡

繡花鞋上栽的是什麼
花，踏過花叢的鞋是雙什麼
鞋，任誰也
說不清楚。雖說一
了百了而魂魄仍如水桶懸在半空
一陣寒氣自井底冒出竟激不起
半朵漣漪

青衫浮在水面
苔痕爬滿了頸項……
說書人臉色乍變手心揑
了一把冷汗
另一隻手顫顫地指著遠處的
一口黑井說：每逢
半夜，水就開始沸騰

一九九一・九・廿八

我以目光掃過那座石壁

上面即鑿成兩道血槽

另題：末代皇帝

我是什麼？這個問題不難解答
以前是一株讓人躲雨的大樹
目前只剩一堆落葉
光看皮膚便知道曾被大火燒過
掃進溝渠才發現耗子也比我神氣
過去的不提也罷
那時眾神齊怒我毫不在乎
座位後面經常藏著一隻愛笑的蟋蟀
石匠竟然把我的名字刻成一撮粉末
壁龕裏的列祖列宗都哭喪著臉

上一代的血在體內鼓譟以至我無法
面對剪掉辮子的尷尬。我
即天，天是一塊無言的石頭
鑿開後驚見一只癩蛤蟆跑了出來[1]
成全牠我只好鞠躬下台
兩個朝代我僅抓到一根尾巴
道路走到了盡頭
血統書完全不能證明什麼
槽內的豬食我只搶到半勺[2]

一九九一・十・五

1—相傳袁世凱前生為一癩蛤蟆。

2—文革期間，溥儀生活極窘，據說曾吃過槽內的豬食。

我不懂荷花的升起

是一種慾望或某種禪

我突然喜歡起喧嘩來
不過睡在蓮中比睡在水中容易動情
懂得這個意思我們就無需爭辯
荷，一遇大雨便開始鼓盆而歌
花萎於泥本是前世注定
的一場劫數
升華也者畢竟太形而上了
起始惹禍的即是這

是非之根
一刀揮去，大地春回
種種惡果皆種於昨天誤食了一朵玫瑰
慾念慾念，佛洛伊德
望盡天涯看不到一盞燈火
或一隻竹筏什麼的
某年某月某日某某在此坐化
種瓜得魚不亦宜乎
禪曰：是的是的

一九九一・十・八

裸著身子躍進火中

為你釀造雪香十里

裸者
著火
身體化水之前魂魄早已在
子夜時分不知去向
躍起一望，地面不見任何腳印爪痕
進入火焰而又倉皇逃出
火焰時，赫然發現
中間卡著一根生鏽的脊椎骨

為何這般愛火？
你蹙眉自問又恍然自答
釀酒不就是麥子火葬的一種儀式嗎？
造成如此結局又怨得誰來
雪融時
香氣自髮梢，自
十指之間裊裊上升。百
里方圓之內，惟你獨行

一九九一・十・十六

深山無墓無碑　碑上無名無姓

久 地 長 天 以 所 正

深秋寂寂
山高。從懸崖墜落的月亮
無意中被一隻野兔拾到
墓草簌簌當死者翻了一個身
無神論者拔下一顆門牙說是他的
碑

碑石上的字，比
上帝還要蒼老
無人在乎時間是死是活
名字通過火焰便自認為不朽
無人在乎
姓風，或姓雨

正確的死就是拒絕視為一種紀念
所有山中的亡魂都沒有臉
以後的歲月
天天守著墓草的
長年簌簌
地層下的骨殖
久久不聞一聲咳嗽

一九九一・十・廿三

你是傳說中那半截蠟燭

另一半已在灰塵之外

你說從火焰中可看到我們野草叢生的來世
是耶？非耶？
傳給後代子孫一把智慧的鑰匙
說說罷了
中國被稱之為瓷器任人敲碎
那種窘態曾惹起鏡子一陣臉紅
半夜起身小解忽聞隔壁大放悲聲，因而
截斷了我與故人在夢中的對話
蠟梅無語，淡淡地在
燭光下綻放異鄉的雪意，遂有了

另一種遠方的悲情。如遇兇年
一條紙蛇照樣很毒
半夜三更突然在體內四處流竄
已不是懷疑論者之言了
在找到葬地之前我們的心
灰冷如大雪之將臨
塵土
之
外，無一物可資取暖

一九九一・十・廿八

朵那向日落向你向跪我

只美了一個下午的雲

我是一座將融化的冰雕
跪在太陽底下既暖且冷
向來藏在水中最是孤獨
你說這一劫數勢所難免
向日葵則對此完全不懂
落葉飄在半空猶自驚疑
日色漸冷不知夜宿何處
向空無的荒野墜入空無
那天邊的夕陽出奇動人
朵朵鮮紅如大地的胎記

只是我體內的積雪太厚
美好的黃昏又忽焉降臨
了卻此身的最佳方式是
一鎚砸碎血肉大呼過癮
個人的骨頭由個人收拾
下輩子是火是水誰知道
午夜一滴尚未結冰的淚
的溜溜滾到枕邊天已曉
雲路過窗前卻無意暫留

一九九一・十・卅

淡水河是一條

超現實的舌頭

淡灰色的下午
水以自動語言訴説其存在的尷尬
河，潛意識地從兩岸升起而自認為
是一首一唱再唱唱得滿城愀然的哀歌
一種形而上的無聲之嘮叨，赤赤
條條地大放其形骸之浪，而後試圖

超越它那剝了皮脫了脂的
現代靈魂
實際上淡水河是哪一門子
的哲學哪一門子的主義連自己也不清楚
舌苔發綠
頭在一堆沮喪的泡沫中浮沉

一九九一．十一．九

夕陽美如遠方之死

一題二式

夕暮哀沉
陽光撤退是今天唯一的選擇
美好的夏日已逝
如今滿掌都是落葉的驚呼
遠處一扇門兀自開啟而又悄悄關上
方知，昨夜的酒杯
之所以猝然炸裂並非無因，是以
死者一聲不吭

今夕何夕
歸夢與雁子同時回到衡陽
浪子的故事不一定很美
譬如
童年比雪還遙遠
這種事就常發生在骨髓深藏的地方
而蚱蜢青色之
歲月，永遠不死

一九九一．十一．十

酒是黃昏時歸鄉的小路

酒在甕內從不說人世的
是是非非
黃河與血管乍然匯合時我便
昏瞶如一醉漢
時間或可使兩岸結紮多年的稻田同時受孕
歸途水勢洶湧
鄉音原是我耳朵裏
的一塊
小小的平衡骨
路，卻越走越斜

一九九一．十一．十五

水 流 洗 心 客

鐘 霜 入 響 餘

贈李白

客人乘醉而去
心情寂寂如廊下羅列的空酒罎
洗手時驟然想起當年
流放夜郎的不甘不快以及一點點不在乎
水盆裏從此風波不息

餘年的豪情已化作煉丹爐中的㲉㲉
響亮的詩句如風鈴懸遍了尋常百姓的廊簷
入世出世豈在酒與月亮之辨
霜飛髮揚，最後他在
鐘聲裏找到赤裸的自己

一九九一・十一・廿

淚濺花時感

心驚鳥別恨

贈杜甫

感動是亂世中的不治之症
時而春望時而秋興，時而寒顫時而悲吟
花的傷痛從蕊開始，淚
濺濕不了
淚中的火

恨，習慣無言而且不是
別的任何暗喻或手勢所能表達
鳥雀啁啾只不過是一隻蟲子驚叫的回聲
驚叫其實無濟於事
心鎖早已灌了鉛

一九九一．十一．廿

行到水窮處

坐看雲起時

贈王維

行色匆匆卻不知前往何處
到了路的盡頭耳邊響起破鞋與河的對話
水中他看到一幅傾斜的臉
窮困如跳蚤
處處咬人

坐在河岸思索一個陌生的句子
看著另一個句子在激流中逐漸成熟
雲從髮髻上飄過
起風
時，魚群爭食他的倒影

一九九一・十一・廿五

故鄉雲水地

秋 宜 不 夢 歸

贈李商隱之一

故事講了一半主角便曖昧地笑了，我的
鄉音如囈語早已分不清平上去入
雲飛離天空就再也找不到棲所
水無處可去只好痛擊兩岸，震得
地球在我懷中時睡時醒

歸途比天涯還要渺不可及
夢曾多次在窗外偷窺，有些心事
不得不說，又不
宜說破
秋雨淅瀝本就是纏綿的陷阱

一九九一・十一・廿五

滄海月明珠有淚

煙生玉暖日田藍

贈李商隱之二

滄浪翻滾，你懷中的陶罐裂成碎片
海灘上月光體香四溢
月光是詩人的最好下酒物
明日醒來才發現飲的全是露水
珠子泛黃而時間持續閃光，舊情猶在
有無之間
淚與銅鏡之間

藍色的心情即是飛鳥的心情
田裏的水蛇夢見牠往日的光榮已隨蛻衣而去
日落前人人都擁有一小片美麗的黃昏，讀你
暖暖的詩句使我與蠟燭的雙腳同時疲軟
玉人一病不起
生生世世再也無人能解讀你眼中
煙一般的星圖

一九九一・十一・廿六

我欲乘風歸去

只恐瓊樓玉宇高處不勝寒

贈東坡居士

我在一闋未完成的詞裏睡著了
欲飛之前羽毛紛紛落盡於是夢就更為沉重
乘興與敗興之間
風永遠選擇逃亡，它的
歸宿，與
去年死去的葉子完全相同

只有今夜的月色
恐怕再也沒有什麼比它更為曖昧的了
瓊音繚繞
樓上的簫聲灑下一把
玉的寒意，一種
宇宙性的調子
高過了所有人的悲愴
處境如此不堪，而這種
不堪又大大的
勝過
寒夜一盞孤燈的獨白

一九九一．十一．廿七

高歌與激辯　無非為了證明

我們的血在霧起時尚未凝結

高原之上，我們的
歌穿過層層的玻璃碎片而抵達風
與雨同時失聲的地方
激流中一塊石頭驟然忘了自己的名字
辯論時只有泡沫站起來鼓掌

無理之妙就藏在
非常有趣的填字遊戲中，而布洛東的杯子
為何不裝超現實的酒，答案不
了了之，只因文學史裏的
證據都被現實主義的白蟻吃光了
明瓷必然好過清瓷這話不免使人失笑

我們從不相信有潔癖的傳統亦如我
們不相信骯髒的現代以及不骯髒
的未來。酒之後是煙，煙之後是空無
血的速度比死亡的速度終究慢了一步
在全面崩潰的前一刻
霧伸出手來扶我又慢了一步
起興於一陣風，任何詩都比
時間短命
尚且一無是處
未知之事才是我們追逐的獵物
凝神細看
結果只是一隻電動兔子

一九九一・十一・廿九

玫瑰枯萎之後

才想起被捧著的日子

玫瑰的悲哀正由於她的
瑰麗。（落葉聽了此話笑得滿地翻滾）
枯乾形同一堆骷髏
萎棄於地
之前精血早已被一群蜂蝶吸盡
後事便等著浪漫派的

才子佳人前來收拾
想到被刺的異樣感覺
起先多少有點心猿意馬
被翻紅浪是多麼要命的騷動
捧起她那貼
著胸脯的臉，失血
的唇，一種
日落黃昏時的嫵媚
子曰：慎哉慎哉

一九九一・十二・三

夢舊合摻水泥以弦瘂

在南陽蓋一座新屋

瘂默緣於塵世的
弦斷，而內部的喧囂須
以非耳之耳傾聽
泥性與根性同其不朽
水把他送上岸就一直維持著淚的鹹度
摻著血的酒臉色越喝越白
合十的掌翻開來隨即掉上一捧四十年前的雪
舊是舊了些
夢製的棉袍上綴滿了新的補釘

在菟絲花正從
南方回來尋找妹子的時候
陽光溫暖彷彿童年。他在水邊
蓋了一座瘦小的橋
一間青灰瓦屋
座落在憂鬱而顫動的紅玉米上
新磚舊磚都是大地的骨頭，一經砌合
屋頂便爬滿了偷窺的天使

一九九一．十二．十六

後記——

瘂弦近以授田證補償金在老家河南南陽蓋了一座青磚房子，作為返鄉探親時的臨時居所，房子由老屋拆下的舊磚混合新磚砌成，頗具香火傳承之意。詩中的菟絲花與紅玉米都是瘂弦詩中出現過的事物。

買傘無非是為了丟掉

買把傘吧
傘黑著臉不表示任何意見
無聊的日子偏逢下雨
非非主義者麕集在成都一家茶館
是了，這次討論的主題是
為何人人都需要一把傘，為
了遮風擋雨？不，為了
丟
掉

一九九二·一·五

蚯蚓一節節丈量大地的悲情

蚯

蚓飽食泥土的憂鬱
一腔冷血何時才能沸騰？
節節青筋暴露
節節逼進向一個蜿蜒的黑夢，一寸一
丈地穿透堅如岩石的時間
量過了大草原，再量
大峽谷，天翻
地覆之後它仰起黯然
的頭
悲愴，淡淡的
情感，土土的

一九九二・一・九

咖啡豆喊著　我好命苦

井黑口一進跳便完說

咖啡匙以金屬的執拗把一杯咖
啡攪得魂飛魄散
豆子在莢殼內剛剛甦醒就有人連
喊帶拉地把他推進一座繞
著宇宙轉的石磨

我非我，我已被我肌膚的香氣解構
好歹我還是我
命，輾成粉狀後再也找不到完整的自己
苦澀中已無我相，無人相，無眾生相

說禪並不比喝咖啡需要更多一點理性
完全如同河水的獨白，句構隨隨
便便，文法
跳跳蹦蹦
進入內心即結成一粒硬殼的菩提子
一種咖啡心情，或苦或甜
口舌自辨。這時
黑色漩渦中，一朵白蓮從你的
井底冉冉升起

一九九二・二・十二

取暖的最好方式就是回家

取火於石塊飛濺的淚
暖氣熱醒了正在冬眠中
的一窩小蛇
最早的誘惑據說蠕動在一冊羊皮書中
好在那個年頭識字的不多
方便一下也無需寬衣解帶
式微的是神的諭旨和全身體毛
就因為如此，蛇
是我們心中不朽的圖騰
回到原先的洞穴去吧
家人正圍著篝火在烤一隻野兔等你

一九九二・三・六

獨與天地精神往來

而不傲睨於萬物

莊子語

獨語是魚缸裏的氣泡
與語言學的結構或解構無關
天上一句
地下一句
精髓乃在其中不可分辨的空茫
神，守在缸旁呼呼大睡
往者是魂
來者是魄

而軀體溶解於水中
不虞任何的傷害
傲然而立
睨視太陽推著一輛獨輪車滾下山來
於是天地皆盲
萬家燈火中只摘取一朵冷焰
物化之後，我仍是我

一九九・三・十

魚金飼可不底杯

1

與爾同消萬古愁

1 —「杯底不可飼金魚」為臺灣俚語，意謂飲酒須盡興，杯中不可留有殘酒。

杯子輕晃
底下便有一條青蛇蠕蠕而動
不謂不毒
可也無意與人分享
飼一尾月亮在水中原是李白的主意
金光粼粼中
魚和詩人相濡以沫

與其懷疑杯子的不潔
爾不如到江邊去飲自己的倒影
同樣的醉態可有不同的心境
消除千般疑慮不能光靠黑格爾
萬一喝錯了
古人遺留下的鴆酒
愁，就不只是一江春水向東流了

一九九二・三・十二

欲飛之掌

欲望膨脹如一驚愕的肥皂泡泡
飛翔之愚
之險。一次數秒鐘後便萬念俱灰的自瀆
掌心的汗驟然結冰

一九九二・三・廿二

荷花整夏的心事

全被夕陽說盡　蟬說盡

荷，仰面沉思
花殘之後誰來餵養這一池寂寞
整個問題顯然與宿命有關
夏日一場驟雨催得一把興奮
的傘旋飛不已
心境如敗葉
事事干擾，不如閒坐聽雨，打哆嗦

全世界的淒涼都
被雙手盛住，你我都是
夕暮之花。眼見最後的
陽光把遺言寫在水上
說來說去
盡是閃爍之辭，而

蟬的心路比較曲折複雜，似有
說不完的後事交代，唱到
盡頭終歸什麼也沒有說

一九九二·四·十五

一夜秋風

你便瘦得如一句籲聲

一滴
夜色在鏡面上漸次暈開
秋葉再也數不清自己額上的皺紋
風，吹亂了一樹的心事

你散髮，解衣
便有窸窣之聲隔室傳來
瘦了，瘦
得露出了年輪
如是我見我聞，我全身顫慄於
一陣青銅的激響。你說你是一
句走失了的
籥
聲，七竅中發出七種不同音階的哀怨

一九九二・四・十六

後背的他在走怕好

雷 地 枚 一 如 默 沉 他 當

好在語言並不可怕
怕的是鶴嘴鋤專找石頭對話
走進現代只見印刷機與垃圾車
在相互唾棄，詆毀，各施毒計陷害
他對此毫無意見，午夜自來水管
的漏滴已代他說了很多
背棄真理據說是新聞紙的任務之一
後來果然發現聖人都在一夕之間暴斃

當蠹魚吃光了所有的文字且繼續產卵
他開始發楞
沉思
默想他雪一般的身世，慘淡
如一張白紙
一
枚無聲的
地
雷，在最深處暗藏殺機

一九九二・五・十五

春醒後我將以融雪的速度奔回

春，蝴蝶與花粉使人渾身發癢
醒來猛然發現
後面追來一群狂吠的狗尾草
我在逃亡途中
將棉襖翻過來細數啃蝕歲月的虱子
以摩擦雙掌生火
融化胸中那枚凍僵了的蛹。葬於
雪中的一朵小小火焰
的確是我曖昧的前身，燃燒的
速
度八百里
奔到墓前剛好看到姓名被風刮去
回首，狗尾草又蹲滿一地

一九九二・五・十八

太陽除了釀酒必須再做點什麼

太多的熱量勢必造成生命的輕
陽光
除了為萬物製造陰影
了無新意。而把一串葡萄
釀成一串生之酸楚則非偶然
酒是它最初的奇蹟
必然也是最後的荒謬
須記世界早已是一隻空空的罈子
再也倒不出一滴甜美的餘瀝
做愛之後殘餘的一
點點靜電，還能燃燒
什
麼

一九九一・七・一

白 空 的 頁 千 以 我

面對你們百年的驚愕

我淨化自己
以火，以淚中的鹽，以鏡子的冷言冷語
千句誓言吐沫橫飛。攤開自己像一本書
頁頁錯字連篇，只有在被時間蛀蝕
的那些章節中才可聽到遠海的濤聲
空下的部分就讓它永遠空著
白髮頓成墓草只因一場路過的小雨，這時你我

面面相覷，竟發現鞋子一直未設戶籍
對門那棵槐樹叫了三天三夜才把葉子掉光
你們，他們，我
們全都掃進爐子擠入煙囪而又昇華為
百年孤寂，或千
年之後
的一片清風明月
驚怖其實沒有必要
愕然回首，照片中的桃樹又灼灼其花了

一九九二・五・卅一

小 膽 很 也 時 有 子 刀

性個了去失便中火進跌

刀在鞘中
子夜時分開始嗆嗆而鳴
有人發抖有人從床上驚起有人翻身又睡著了
時間
也像刀子因嗜血而急速老化
很有意思，刃的微笑竟成了我們的陪葬物
膽子大的盡量浪費歷史的篇幅
小的只會哭泣

跌在雲堆中天空忘了喊痛。雷電正在
進行一項圍剿太陽的陰謀
火焰把一只鳳凰烤得又香又脆，於是我們從灰燼
中找到了焦味的新生，而禍源
便是那
失而復得的心之荒原
去它媽的所謂神諭
了不起我們再去找來一顆更硬的頭顱
個子英挺精壯
性亢奮時，鬚眉皆青

一九九二・九・廿二

你 等 中 水 在 我 來 水

火來我在灰塵中等你

水面的浮影像把黑傘卻聽不到雨聲
來回晃動使人心悸不已
我輕輕揭起，原來是自己
在逃亡中失落的臉
水池嘩嘩向四方奔竄。空出
中間一個巨大而驚怖的漩渦
等我縱身一躍，並期待
你在最深處伸出雙手

你說：火
是我們唯一擁有的未來
而我
千年黑水晶般的不存在的存在
一粒藏身於灰
塵
裏的核。空氣中
所有骨灰的顏色和重量完全相等
火，在四處尋你

一九九二·九·廿三

輓歌唱給亡魂

哀傷還諸天地

輓聯白中帶黑猶如他黃昏了的膚色
歌，僅僅
唱了一半便夜了
給我們一支新的嗩吶吧，他最怕鏽味
亡命之前他已把大門鎖好
魂魄不再歸來

哀痛之樹處處可見，主要
傷在根部，其他的仍夢見繁花如昔
還有什麼可墮落可毀棄的
諸神霸占
天上所有發光的器物
地層下的種子幾度死去活來

一九九二·九·廿三

説她是水

她又耕成了田

說她是蛇　她又飛成了鷹

說話是一種女性毒瘤，我不是指
她的談吐，而
是她那
水獸般滑溜的舌頭

她在五行中其實屬土
又不甘一生陷於泥淖而任男人深深淺淺地
耕種。據說世上種種切切都是她虛構的
成果
了卻塵緣的唯一辦法是在她的
田裏種一畦罌粟

說著說著
她一轉身又換了一幅臉，下一回
是什麼誰也無法預知
蛇甦醒後脫下一件貼肉的內衣借給

她，於是
又有了一次血肉模糊的經驗
飛翔距死亡最近，她
成為燃點成為風暴成為雪崩都有可能
了卻塵緣的另一個辦法是：心隨
鷹揚

一九九二・九・廿五

笑 一 花 拈

拈起一根頭髮頓時群山一陣搖晃
花落在肩上眉際他仍闔目酣睡，及到
一天
笑，產下了一窩奧義之卵

一九九二・九・廿五

隱題詩

形構的探索

洛夫

我寫隱題詩的動機是很偶然的。

中國詩歌的藝術形式，有一部分純屬遊戲性質，諸如寶塔詩、迴文詩、藏頭詩等，現代詩中也有所謂的「具象詩」（concrete poetry），或稱「圖像詩」，後者雖然賦有某些較嚴肅的意蘊，但由詩句疊列鋪陳的造型看來，其遊戲性仍很明顯。藏頭詩除了遊戲意味之外，還另有一種工具性，適於用來傳遞祕密信息，廣為政治社團或地下幫派組織所運用。多年前我在一家書店翻閱清史稿，偶然中讀到這麼一首〈天地會反清復明詩〉：

天生朱洪立為尊
地結桃園四海同
會齊洪家兵百萬
反離撻子伴真龍
清蓮峯起迎兄弟
復國團員處處齊
大家來慶唐虞世
明日當頭正是洪

這首詩採七律形式，其中句首隱藏了「天地會反清復大明」八個字。這顯然是清代雍乾年間清紅幫反抗滿族入侵的宣傳品，由於當時幫會徒眾和一般民眾的文化水平較低，故這類詩的造句與設譬都極粗俗，毫無藝術風格與價值可言，但這種藏頭形式是否可注入飽滿的詩素而創作出富於高度藝術性的作品來？不料這一反思竟誘發了我試寫隱題詩的濃厚興趣。在長年對詩藝的探索中，我一向喜歡在句構和語言形式上做一些別人不願，不敢，或不屑於做的實驗。這種要求乃源於多年來我對詩創作的一種自覺：我認為詩的創作大多與語言上的破壞與重建有關，因為詩人如不能自覺地追求語言的創新，只是一味地追摩當代的文學風尚，屈從意識形態的要求，甚或遷就大眾讀者的口味而陷於陳腔濫調之中，詩終將淪為一種墮落。身為詩人，不但要向他所處的文化生態環境挑戰，更應不斷地向他自己挑戰。

我設想中的隱題詩，與前人所創僅有實用價值的藏頭詩大異其趣；它是一種在美學思考的範疇內所創設而在形式上有自身具足的新詩型。它具有詩的充足條件，符合既定的美學原理，但又超乎繩墨之外，故有時不免對約定成俗的語法語式有所破壞，甚至破壞成了它的特色。具體來說，隱題詩是一種預設限制，以半自動語言所書寫，標題本身是一句詩或多句詩，每個字都隱藏在詩內，有的藏在頭頂，有的藏於句尾，讀者通常很難發現其中的玄機。例如我的第一首隱題詩〈我在腹內餵養一隻毒蠱〉：

我與眾神對話通常都
在語言消滅之後
腹大如盆其中顯然盤踞一個不懷好意的胚胎
內部的騷動預示另一次龍蛇驚變的險局
未之以精血，以火，而隔壁有人開始慘叫
養在白紙上的意象蠕動亦如滿池的魚卵
一經孵化水面便升起初荷的燦然一笑
隻隻從鱗到骨卻又充塞著生之惻惶
毒蛇過了秋天居然有了笑意，而
蠱，依舊是我的最愛

這首詩旨在表達創作時的微妙心理過程，當它在《創世紀》八十四期發表時，就沒有一位讀者看出這首詩的詭異之處，我為竟無一人探知其中的隱祕而暗喜不已。這初次實驗的成功，我想主要在於它的有機結構，換言之，即讀者在未經說明的情況下，豪未懷疑這首詩的正常性，更不覺得這是一項經過精心設計的「文字遊戲」。於是由此更激發我續寫隱題詩的衝動，一年之內我總共完成了四十五首，並分別在臺灣的各大報副刊，《創世紀》、《現代詩》、《臺灣詩學》、《聯合文學》，以及香港的《文匯報》、《詩雙月刊》、《當代詩壇》，四川成都的《星星》等刊物上發表過，在兩岸詩壇引起了普遍的迴響，詩人張默、向明，大陸詩人沈奇、范宛術、葉坪等也都做過同樣的實驗，成績相當可觀。沈奇寫過一篇〈再度超越——評洛夫《隱題詩》兼論現代漢詩之形式問題〉，語多精闢，不僅指出這些詩的優缺點，更觸及了中國現代詩語言的諸多潛在問題。我寫隱題詩以來，也曾發生過一些趣事。去年，老友瘂弦以授田證換來的補償金，在老家河南南陽蓋了一座青磚房子，聞之深為感動，便寫了一首〈瘂弦以水泥摻合舊夢／在南洋蓋一座新屋〉為題的隱題詩。今年九月間，瘂弦返回南陽探親，行前囑我把這首詩用毛筆寫在一張四尺寬的宣紙上，帶回南陽裝裱，然後懸於那座新屋大廳的粉牆上。據他說，這幅字曾吸引了當地不少的鄉親與文士，觀者無不嘖嘖稱奇。

隱題詩曾一度成為詩壇話題的焦點，肯定其藝術價值者固然很多，但異議者也不乏其人，譬如有人認為隱題詩是一種「自縛手腳」，或稱之為「戴著腳鐐跳舞」，這本是實情，我不以為忤。但在實際的寫作中，我不但毫無自縛的窘迫感，反而覺得是一大解放，因為有時我會被迫放棄一些習慣性的語法，致能從心所欲「不逾矩」地設計出全新的詩句。所謂「設計」，這是人機因素，乃訴之於心智，為任何藝術創作過程中不可或缺的一項制衡力量，但完成一首詩所需的天機因素更具決定性。寫隱題詩尤其如此，開始的尋言造句，完全是在知性的激盪中進行，但靈感也隨之驟發，因此偶爾會有意想不到的驚人意象出現。試以〈杯底不可飼金魚／與爾同消萬古愁〉一詩為例，在寫到以「飼金魚」三字為句首的三行詩，單單這個「飼」字便大費思量。「飼」字雖可寫出許多不同的句式，每一句式都可有不同的含意，但必須扣緊與酒的關係。搜索枯腸之餘，我列出了好幾個句式，最後從李白「跳江捉月」的傳說中獲得靈感而寫出：

飼一尾月亮在水中原是李白的主意

有了這一句，下面「金魚」二字開頭的「金光粼粼中／魚和詩人相濡以沫」二句，便不假思索，自然而然地湧出筆端。

我認為，語言受一點限制也許更能產生詩的凝聚力。自脫去舊詩格律的重重束縛之後，新詩從未形成基於學理的章法，才氣縱橫者筆下天馬行空，猶能自成格局，但有更多的詩人任筆為體，漫無節制，而一般效尤者便認為寫詩乃可任性而行，從不顧及語言的尊敬。隱題詩之設限，即是針對這一缺失，強迫詩人學習如何自律，如何尊重語言對人類文化所提供的價值。惟有重視語言的機能，才能跳出語言的有限性，掌握詩的無限性。其實，對於一位既尊重語言而又善於駕馭語言的詩人來說，隱題詩的限制對他妨礙不大。每行詩如平均五、六個字，其中雖有一字被固定，但仍有四、五個字可任你自由發揮。這一限制並非有形的格律，其可變性遠比律詩或商籟體為大。根據我的經驗，隱題詩之所以具有挑戰性，倒不在這一字之限，而在前後句子的相互照顧，以及詩節與詩節之間的內在呼應。因此寫作隱題詩時，不免驚險迭起，瘂弦以「踩鋼索」來形容，沈奇則說是「一個自找苦吃的高難度動作」。我自己的感受確實如此，幸而大都能在冷汗淋漓中有驚無險，這或許就是促使我完成這一系列實驗的誘惑力。當然，要做到有驚無險，主要靠我對有機結構的嚴格掌握。

在隱題詩的創作過程中，我經常面臨兩難的困境：一方面要謀求整體結構的有機性；在受限的條件下，行與行之間，節與節之間，盡可能取得語意的統一與氣氛的和諧，使整首詩的發展不僅能掌握它的內在律動，也能主控它的外在節奏，而達到韻致自然的境地。

然而，另一方面又須全力追求語言的創造性，盡量做到「去熟悉」（defamiliarization），避免陷於語言的固定反應。在這兩難之間，我為隱題詩造就出一項特色，那就是在建行與跨句的處理上採取一些破除既定規範的手法，來重建詩的形構秩序。詩之大病，莫過於散文化，而散文化則源於詩中遍布散文的語法。一般人都習慣以散文方式思考，以邏輯思維寫作，好處是通順流暢，明白易懂，但不符詩的內在規律，而隱題詩正好因每行都有一字之限，在整體的發展上不得不打破散文式的語法與結構，並以新的建行與跨句方式取而代之。譬如在〈好怕走在他背後／當他沉默如一枚地雷〉一詩中，我對後半節的處理就是採取一種非常態的手法：

當蠹魚吃光了所有的文字且繼續產卵
他開始發愣
沉思
默想他雪一般的身世，慘淡
如一張白紙
一
枚無聲的

地
雷，在最深處暗藏殺機

這種破壞後重新建立的詩行與跨句固然是罕見的，甚至是驚險的，但它重建秩序後最顯著的效果是在節奏上產生了多樣的變化。若非是隱題詩，這種寫法簡直不可思議。可以說對傳統形構的破壞，正是隱題詩的風格和特色。不過，基本上我還是盡可能避免對語言結構原理及其表達能力作不必要的損害。

有時我會遭遇到難以克服的困難，例如〈蚯蚓一節節丈量大地的悲情〉這首詩，其中「蚯蚓」二字如何分開排列，使我大費周章，最後只好破格寫成：

蚯
蚓飽食泥土的憂鬱

這顯然是一大敗筆，不足為訓。再如〈咖啡豆喊著：我好苦命／說完便跳進一口黑井〉這樣的標題，其中「咖啡」二字的排列也使我在滿足有機結構這一要求上打了折扣，因為我勉強寫成：

咖啡匙以金屬的執拗把一杯咖
啡攪得魂飛魄散

隱題詩張力的形成完全有賴於兩種相反而又相成的力量：一方面由於每行都有一個字的預限，因而整首詩的發展似乎都繞找一個定點轉，作者被一種無形的力量牽著走，但另方面在語字的選擇和剪裁上，意象的經營上，節奏的安排上，作者又都能施以絕對主動的操控，於是便產生了一種微妙的，主動與被動，限制與自由聯想相互牽制所形成的矛盾。前面我曾說過，隱題詩的語言是一種「半自動語言」。這種語言形同放風筝；風箏繫於長繩的一端，飄然而升，在天空御風翺翔，自由而美妙，另一端卻被牢牢地抓在手中，不致被風吹走。例如〈行到水窮處／坐看雲起時——贈王維〉這首詩，當我寫到「窮處」二字時，因受到限制而一時停滯不前，好在中國的語詞豐富，可有多種選擇。由「窮」字組合的成語即有「窮苦」、「窮困」、「窮年」、「窮途」、「窮凶惡極」、「窮而後工」、「窮兵黷武」等，但大多都不是我所需要的，為了呼應前面的詩行，最後我選擇了「窮困」。然而，以下又何以為繼？「窮困」本為一俗詞，為了要使這一詞不俗，做到如江夔所說：「人易言之，我寡言之，人所難言，我易言之，自不俗」，我再三斟酌，終於在靈光一閃之下，跳出來「窮困如跳蚤」這一意象，接下來那個「處」字也就迎刃而解，立刻便出現了「處處咬人」這一警句。

隱題詩的標題偶爾會出現「了」、「之」、「的」等字，這類虛字最難處理。譬如「了」字，用在句首的成語不多，我曾用過「了不起」、「了無新意」、「了無悔憾」、「了卻情緣」等詞，如果再碰到「了」字，那就難以了了。「之」字我只用過「之所以」、「之乎也者」、「之前」、「之後」等。詞窮時只好將「之」字單獨建行，譬如在處理〈你是傳說中那半截蠟燭／另一半已在灰塵之外〉這一標題的最後四字時，便不得不在跨句上另闢蹊徑而寫成以下的形式：

> 灰冷如大雪之將臨
> 塵土
> 之
> 外，無一物可資取暖

「的」這一虛字在隱題詩中出現的次數最多，而用在句首的實在太少，我除了用過「的確」、「的的確確」之外，其餘也只好作破格處理，雖不合文法常規，卻也無可奈何。因此，在選擇詩句作為標題時，最好盡量避免這類的虛字。

隱題詩如要寫得精彩，固然有賴作者長期培養的練字、鍛句、剪裁成篇的功夫，以及營造意象，處理建行跨句等技巧，但在創作過程中，可能比一般詩的寫作更容易產生爆發力。以下這些詩句都是在偶發的狀況下泉湧而出，快捷有如神助：

飛，有時是超越的必要手段，入土
之後你將見到
蝶群從千塚中翩躚而出

*

……核子
能，要與不要都是一種不容選擇的悲哀
對峙的兩造人馬把魚尾紋都吵出來了

*

井以深沉
的獨白述說著一小片天空的

曖昧
＊
碑石上的字比
上帝還要蒼老
＊
花的傷痛從蕊開始，淚
濺濕不了
淚中的火
＊
鳥雀啁啾只不過是一隻蟲子驚叫的回聲
樓上的簫聲灑下一把
玉的寒意

這些警句雖然是靈感的產物，但其偶發性卻又與那排列於句首的每個字有關。也許可以這麼說，隱題詩中的警句得以瞬間閃現，且出現頻率頗高，主要歸功於每行固定的那個字所發生的觸媒作用。由此可見，隱題詩的整體藝術生命，完全繫於預設的標題，凡以意象精緻生動而又意蘊豐富的詩句用作標題，這首隱題詩的精彩大致可期。事實上每首隱題詩的內涵都是標題詩句的再詮釋，原有含意的衍生與擴展。我這四十五首的標題，除了少數是臨時現寫的，或借用古人的名句之外，其餘都是選自我的舊作。隱題詩之妙處即在它的「隱」，點出了它的玄機說不定會影響讀者探究的興趣。但隱題詩既是一種獨創的新形式，總得為它找出一些可以自圓其說的論據，不過這些觀點畢竟是辯證性的，因人而異的，我並不期望人人都能接受，也不鼓勵人人倣效這種形式，因為一種新詩體是否能盛行於當代，適用於後世，決非創設者本人的鼓吹所能奏效。

一九九二・十二・一　於臺北

作者簡介

洛夫　1928.5.11——2018.3.19

詩人、散文家、書法家與評論家，原名莫運端，受到超現實主義、存在主義與俄國文學的啟迪，後改為莫洛夫。憑藉靈動的詩境、繁複的意象、冷僻晦澀的文字、魔幻的手法被譽為詩魔，是臺灣十大詩人之一。一九二八年生於中國湖南衡陽，一九四九年隨軍隊抵臺。一九五四年與張默、瘂弦共同創辦《創世紀》詩刊，歷任總編輯數十年，對臺灣現代詩的發展影響深遠。一九五九年時值八二三砲戰赴任中尉新聞聯絡官，在金門的坑道中寫下長詩鉅作〈石室之死亡〉，並認識作為國小老師的妻子陳瓊芳，兩人於一九六一年十月十日在臺北國軍英雄館結為連理，育有一雙子女，寫過數百首情詩給妻子，最著名的為其結婚二十週年時所寫下的詩作〈因為風的緣故〉。一九六三年率領文壇好友商禽、許世旭、辛鬱、楚戈、瘂弦一同至其住家後山裸泳，宣示「創作精神的解放」。一九六五年越戰之時，被派赴越南西貢，擔任軍事援越顧問團的英文祕書，隔年返臺，有感於戰爭的殘酷發表組詩〈西貢詩抄〉。一九七三年畢業於淡江大學英文系，後曾任東吳大學外文系副教授。一九九六年移民加拿大，定居溫哥華，並將其居所取名為「雪樓」。二〇一六年夏天返臺定居。

洛夫一生著作甚豐，以詩集為主，再加上散文、評論和翻譯共六十餘部。十五歲開始創作，自此便跟隨時空變遷反覆思辯，以不屈從的意志筆耕不輟直至生命最後一刻。其寫作主題多圍繞著時間與生死的辯證、戰爭下的苦難與流離失所、朝暮思念的故鄉、真摯懇切的愛情、年老繁華落盡後的體悟，紀錄了一樁樁大時代的大事件，也幻化高跨度經驗、內在的焦躁不安為反叛不羈的文字，從年少時期對生活所思所想的《靈河》；經典著作如《石室之死亡》、《魔歌》、《禪魔共舞》等曾譯為英、法、日、韓等多國語言，獲國內外大獎無數，如吳三連文藝獎、國家文藝獎；到晚年沉潛於書法探索，作品多次受邀世界各地展出。二〇〇一年出版在加拿大寫成的三千行長詩《漂木》獲諾貝爾文學獎提名，以一種超越的心境，寫下感悟到生命飄零、悲涼的空無。二〇一四年以回顧洛夫史詩般人生的文學大師系列電影《他們在島嶼寫作II：無岸之河》在臺上映。二〇一八年一月出版最後一本詩集《昨日之蛇》，不久後便與世長辭，享年九十歲。

《隱題詩》於一九九三年首次出版。
獻辭〈給瓊芳〉一詩為洛夫在情人節時寫下送給妻子的情詩。

詩題隱

作者　洛夫
設計　徐睿紳
主編　邱子秦
發行人　林聖修

出版　啟明出版事業股份有限公司
地址　台北市敦化南路二段57號12樓之1
電話　02-2708-8351
傳真　03-516-7251
網站　www.chimingpublishing.com
服務信箱　service@chimingpublishing.com

法律顧問　北辰著作權事務所
印刷　漾格科技股份有限公司

總經銷　紅螞蟻圖書有限公司
地址　台北市內湖區舊宗路二段121巷19號
電話　02-2795-3656
傳真　02-2795-4100

初版　2022年10月
ISBN　978-626-96372-3-2
定價　新台幣420元

國家圖書館出版品預行編目(CIP)資料

隱題詩／洛夫作．—初版．—臺北市：
啟明出版事業股份有限公司，2022.10
204面；12.8×16.8公分
ISBN 978-626-96372-3-2（平裝）

863.51　　111014097